Pluma

USHUAIA

Pluma

La grandeza de las pequeñas cosas

CARLOS G. TUTOR

FIC
NA
RRA
CIÓN

© 2024, Carlos G. Tutor
© 2024, Edipro
   Carretera de Rocafort 113
   43427 Conesa
   ushuaia@ushuaiaediciones.es
   www.ushuaiaediciones.es

Primera edición: marzo de 2024

ISBN: 978-84-19405-03-6
ISBN ebook: 978-84-19405-04-3
Depósito legal: T 65-2024

Diseño y maquetación: Dondesea, servicios editoriales

Impreso en España – *Printed in Spain*

Índice

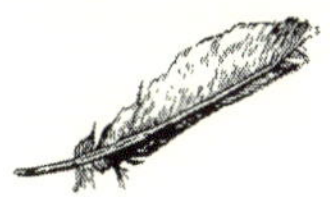

Libertad. A medias. No siempre que se vuela se es libre, al menos no si para hacerlo dependes del viento y la dirección en la que sopla es la dirección que tomas. Por eso ella era solo medianamente libre. O lo sería si pudiera sentir. ¿Podría? Probablemente no, las plumas no sienten. Ni si quiera esta, que nada más verla, uno se da cuenta que debió pertenecer a una paloma realmente preciosa. Pero al observarla danzar elegante en el aire, cualquiera diría que no necesitaba estar adosada a la paloma de la que se desprendió. Sí, tal vez eso sí lo llegaba a sentir.

En la ciudad todo transcurría con normalidad. Había abundantes novedades, las novedades particulares de muchos de sus habitantes, pero eso a la ciudad no le afectaba, por lo que la ciudad en sí no tenía novedad alguna y todo para ella transcurría con normalidad.

Resignada por la falta de impulso, aunque sin perder su donaire en ningún momento, la pluma comenzó a descender hacia la ciudad que tenía novedades particulares pero no para ella misma.

La novedad particular para la pluma era que iba a posarse por primera vez viviendo apartada de las demás plumas, sin la paloma de la que formó parte y que tras desprendérsele no volvió a por ella.

Con dulzura, se dejó llevar, se dejó caer. El suelo estaba sucio. La acera que la recibió pareció no percatarse de su presencia, y los viandantes que paseaban por ella, tampoco. A simple vista parecía que la pluma no estaba apoyada en el suelo gris sino levitando a unos milímetros de este, sin tocarlo, por miedo a mancharse. Desconozco si realmente era así, pero para lo que no tenía protección era para los amenazantes pies de los peatones que a buen ritmo pasaban a pocos centímetros de ella sin percatarse de su presencia. ¿De veras no la advertían? De pequeño mis padres me enseñaron que había que caminar con la cabeza bien alta, pero siempre había creído que se trataba de una metáfora.

Se acercaba alguien que no daba los pasos tan rápido como los demás. Y no miraba solo al frente y bien alto; su cabeza se movía lentamente en varias direcciones para que sus ojos captaran… ¿el qué? Todo parecía normal, no había nada especial que mirar. Pero el individuo parecía que veía cosas que yo no veía dirigiendo mis ojos a los mismos lugares. Tal vez, por eso que a mí me parecía un signo inequívoco de despiste, el personaje se dirigía más directamente que ninguno otro hacia la pluma, que corría el riesgo de ser pisada por primera vez. Y calculé bien: uno de sus pies, no recuerdo cuál, se precipitaba sobre ella. Pero ocurrió algo casi milagroso. El extraño, como si tuviera la facultad de ver a través de la planta de los pies, aun con los zapatos puestos, alargó esa zancada unos centímetros, los justos para no pisar la pluma, y justo después la miró, lo que me pareció que invertía completamente todo proceso lógico.

Dos zancadas más tarde el individuo giraba noventa grados, abría una puerta y se introducía en el edificio. Una vez dentro, ya no movía la cabeza lentamente para mirar aquí y allá; estaba con la mirada fija hacia donde con todo pronóstico se dirigía. Se sentó. Y a los pocos segundos alguien iba a interactuar con él. Una chica. Pero cuando ella estuvo muy cerca, fue él quien habló.

—Un café con leche, con la leche muy caliente, por favor.

La chica asintió, se dio media vuelta y se dirigió a la barra. Él aprovechó para sacar de una cartera de buen tamaño un cuaderno recio y una pluma estilográfica. Las plumas no se usan, solo se regalan; eso pensaba. Ya nadie escribe con pluma, excepto el joven sentado a la mesa esperando su café con leche, con la leche muy caliente.

Agarró el cuaderno con ambas manos, como acariciándolo, y lo abrió directamente por la última página escrita. No, media página escrita. Y la letra que había escrita, aun sin leerla, era arte. Reposó con delicadeza la pluma sobre la página.

Todo este proceso duró exactamente el tiempo que tardó la camarera en llevarle el café con leche, con la leche muy caliente, que ya se encontraba frente al joven.

—Tenga.

—Muchas gracias.

La camarera sonrió, aunque extrañada, por la simpatía de aquel individuo. Debe de ser extraño ser simpático. Tal vez fue también el tono pausado y elegante, que unido al timbre maduro de su voz, no eran frecuentes en una persona joven.

Con movimientos suaves pero firmes, recolocó algunos de los elementos que tenía en la mesa, incluido el servilletero, hasta que su rostro reflejó que todo estaba a su gusto. Solo entonces desenfundó la pluma y con ella apuntó a pocos milímetros al papel, pero sin disparar.

Así permaneció nuestro joven durante un tiempo muy preciso: un rato.

No escribió nada. Depositó suavemente la pluma sobre el cuaderno y tomó el sobre de azúcar. Lo rasgó a lo largo en lugar de a lo ancho y dejó caer como lluvia fina justo tres cuartas partes del contenido a su taza, que humeaba como una chimenea. Tras usar la cucharilla para mezclar con cuidado todo, se llevó la taza a la boca y dio un sorbo.

Cambió la taza por la pluma, que ahora sí parecía dispuesta a trabajar.

En aquel instante Isabel supo que en realidad
no pertenecía a ninguno de los dos
sino a ella misma.

Lo escrito le parecía suficiente como para volver a dar otro sorbo a su taza.

El tiempo transcurría, y aunque dicen que lo hace para todos por igual, en realidad no es así. La gente entraba a la cafetería, consumía y se marchaba con prisa, aunque no la tuvieran. De los clientes que había cuando el joven entró ya no quedaba nadie. Y de los que habían entrado después, únicamente dos.

Continuó escribiendo en el cuaderno, apenas acariciando con la punta de la puma el papel, alternando con sorbos a su taza y, como si ella fuese una fuente de inspiración, cuando la terminó dejó la pluma, pidió otra y no volvió a cogerla hasta que de nuevo la tenía colocada en su sitio.

Parece que el joven estaba escribiendo una historia de amor. ¿Estaría inspirada en alguna vivencia suya? ¿Tendría pareja el muchacho?

Apenas nadie se fijaba en el joven escritor, salvo la camarera que le llevaba los cafés con leche, con la leche muy caliente. «¿Tendrá pareja?», se preguntaba sin saber qué estaba escribiendo el muchacho en el cuaderno.

Mientras tanto, los clientes entraban y salían de la cafetería, y el joven escritor sí se fijaba en ellos; los observaba, como si haciéndolo tratara de extraer una pizca de inspiración que plasmar en su cuaderno. Y a veces parecía que lo conseguía.

—¿Se cobra, Lucía, por favor?

El personal de la cafetería no llevaba ninguna placa con su nombre escrito. El joven escritor, una persona observadora, en algún momento escuchó que alguien la llamaba por ese nombre. Ella se extrañó, pero su gesto fue de extrañeza positiva.

—¡Claro!

El joven escritor agradeció el trato de la joven camarera, algo más joven que él, y dejó una propina —todo lo que había sobrado del billete que sacó de la cartera— sobre la mesa.

Cuando el joven escritor abrió la puerta para salir, otro cliente entraba. Dejó que pasara primero, y notó una ligera brisa más bien fría que entraba al local, no sin antes contornear todo su cuerpo. La brisa no venía sola, consigo viajaba una pluma, nuestra pluma. El joven escritor, extrañamente, no se percató de la entrada de la pluma en la cafetería. Una camarera que no era Lucía sí lo hizo. Casi antes de que se quedara inmóvil, la eficiente camarera portaba una escoba en sus manos, y con ella la devolvió de nuevo a la calle.

Desplazada. Si pudiera sentir, así debía de sentirse la pluma: no la querían en el local.

Desplazado. Así se sentía. A sus más de cuarenta años, con un trabajo estable y nada en su estilo de vida que se saliera de lo habitual, no era normal. O no debía de serlo. Pero lo era. No se trataba de una sensación subjetiva, realmente la gente le daba de lado más de lo habitual. Más que si fuera heterosexual. Sí, eso debía de ser.

De la manera más normal que pudo, sin llamar demasiado la atención, se sentó en la primera mesa que vio libre. Miró alrededor con disimulo y vio a una camarera que, tras dejar apoyada detrás de la barra una escoba, se dirigió a él.

—Un zumo de naranja, por favor.

La chica de la escoba tardó realmente poco rato en llevar su pedido.

«Qué bien», dijo para sus adentros, pese a que tenía el día libre pero nada que hacer en lo que quedaba de él.

—Gracias.

Cuando la chica de la escoba ya se había ido a atender otra mesa, antes de que sorbiera por la pajilla su zumo, su rostro reflejó incredulidad. Sin querer. Pero lo hizo.

«No puede ser casualidad. ¿Es una broma?».

La pajilla era de color rosa.

«No, no voy a decir nada… Aunque seguro que no es casualidad».

Se tomó rápido el zumo, dejó un billete sobre la mesa cuyo valor cubría de sobra el importe de la consumición y salió de nuevo a la calle. Viento. No era muy habitual en la ciudad, pero tampoco era para quejarse, pues para ser diciembre estaba haciendo un tiempo realmente estupendo.

Sin ningún sitio en concreto a donde dirigirse, pues tenía todo el día sin ocupaciones, tomó la dirección más cómoda, al igual que hacía con su vida, a favor del viento, y se dejó llevar. Una pluma en el suelo, que parecía haberle esperado luchando contra el viento a que él saliera, dejó de resistirse y se dejó llevar también.

Sus pasos, guiados por la dirección del viento, lo llevaron por la vieja calle adoquinada hacia las callejuelas más antiguas, que se sepa, de toda la ciudad. No las conocía a fondo, pues se decía que en ellas se daban atracos con cierta regularidad y evitaba transitarlas, pero acompañó al viento hasta la entrada de las mismas y una vez en ellas se encontró cómodo, a gusto. Tal vez era porque el viento allí apenas se notaba, por no decir que no se notaba absolutamente nada, y tampoco se oía. Solo tal vez.

La cuestión es que el amigo del viento se dejó llevar, esta vez por la magia de las estrechas calles. Por el encanto de sus pequeñas tiendas. Por su presunta paz. Por el olor a estufa de leña. Por la ligera niebla, que debía de estar muy a gustito en estas calles porque nunca se la veía por el resto de la ciudad.

Oyó un murmullo. Era muy lejano. Volvió la cabeza. Un pequeño café. Le pareció encantador. Se sorprendió de que el leve sonido viniera del interior. Tuvo tentación de entrar, pero se encontraba tan bien andando sin prisa, disfrutando, saboreando esas calles, que lo dejó para otro día.

«Además, me acabo de tomar un zumo en otro bar. Pero otro día sí, seguro».

Alguien se acercaba al amigo del viento de frente. La calle era muy estrecha, y el tipo, pues era un hombre con sombrero —y los hombres con sombrero se llaman tipos—, no variaba su trayectoria, por lo que parecía que chocaría contra él.

«Que no me atraque, por favor», deseó con todas sus fuerzas.

—Buenas tardes.

No podía creérselo. El señor del sombrero le había saludado, en plena ciudad —aunque fuese en sus callejuelas más primitivas—, como si estuviesen en un pueblecito y se conociesen de toda la vida. Y no se detuvo para robarle ni para pedirle, ni si quiera fuego.

—Buenas… tardes.

Supo entonces que la perspectiva lo es todo.
Seres diferentes tienen perspectivas
diferentes.
Y seres iguales tienen perspectivas
diferentes.

El amigo del viento sonrió. «Este debía de ser un bohemio». No sabía muy bien qué significaba eso, pero había escuchado que en esta parte de la ciudad vivían muchos. «Pues al menos son simpáticos».

Continuó deambulando sin rumbo, o con el único rumbo de no salirse de tan curioso barrio, y, de manera inusual en él, no se preocupaba de la hora que era; quizá hacía más de media hora que no consultaba el reloj.

No conocía la zona, pasó más de una vez por el mismo punto, algunas veces dándose cuenta y otras, no. Tras el encuentro con el señor del sombrero saludaba a todas las personas con las que se cruzaba, y ni una de ellas dejó de devolverle el cumplido.

En un momento dado, apenas sin percatarse, empujó la puerta y penetró en el bar que había visto hacía un rato. Fue como un impulso inconsciente, y eso le gustó.

No era muy grande, aunque no se podría decir en absoluto que fuera pequeño, ni si quiera un poco. Había gente, no estaba lleno aunque no le faltaba demasiado para estarlo. Había pocos clientes de pie. Esto es, que la mayoría de los clientes estaban sentados a las mesas o en los bancos y taburetes, pero quedaban algunos sitios libres. No obstante, como había media docena de personas en la barra, optó por quedarse allí.

Era la única persona del local que estaba sola, pero eso no parecía importar a nadie, pues nadie le miraba. Eso le hizo sentirse bien. En realidad ya se sentía bien antres de entrar en el local: ahora se sentía mejor.

Madera. La madera, que abundaba en el bar, era un elemento que daba al lugar un aire especial. Aunque no debía de ser solo eso. Al fin y al cabo, el «aire» de un bar lo terminan de dar los clientes. ¡Eso era! Grupos de amigos que charlaban sobre temas en los que no siempre estaban de acuerdo y sin embargo todos hablaban con el mismo tono y volumen de voz; parejas que parecían tener temas de conversación… En fin, situaciones que se ven muy poco pero que al verlas uno se da cuenta de que realmente son, o deberían ser, las más habituales. «Esto parece un mundo distinto, más real, más verdadero, más sincero, mejor, en unas calles de la ciudad en la que he estado toda la vida. Y este mundo, tan cerca del mío, sin embargo no lo había visitado nunca»…

—¡Tenga!

El café que había pedido estaba ya listo, dispuesto para renovar o rehabilitar, según el caso, los adentros del amigo del viento. Es el mágico poder de la cafeína y el difícil arte de preparar un delicioso café. Rasgó los dos sobres con terrones de azúcar individuales y los vertió con particular decisión en la taza del expreso que portaba una generosa cantidad de espuma. Removió el azúcar en el café dando al mismo número de vueltas de derecha a izquierda que de izquierda a derecha. Justo en el preciso momento en el que dejaba la cucharilla sobre la taza, advirtió algo. En una de las mesas había dos chicos, dos jóvenes del mismo sexo, que se estaban dando un prolongado beso en la boca. Eso, al menos para él, no era extraño, lo infrecuente era que nadie parecía darse cuenta. Espera. Pensó rápido: daba igual si la gente se daba cuenta o no, allí eso parecía no tener ninguna importancia.

El amigo del viento se sintió aún mejor. En este lugar no tendría que soportar miradas indiscretas que quieren decir «parece que tienes pluma», ni voces que le dicen «pierdes aceite». No, en este bar no, en este barrio no.

Pipa. Un elemento que desconocía. Y no veía a nadie fumando una. Pero olía a pipa. Humo de pipa. Sin duda. ¿Cómo lo sabía? No importa. Lo sabía. Era humo. Odiaba el tabaco. Siempre se quejaba cuando alguien fumaba cerca de él, pero ahora el humo que desprendía del tabaco quemándose en una pipa de madera le resultaba… ¿agradable? Sin duda. Él no hizo esta reflexión, más bien fue una inspiración.

Inspirar humo, expirar humo. Pensó que en realidad era la primera vez que lo hacía. Supo que era la primera vez que lo hacía queriendo. Sacar humo por la boca; un humo de lo que estaba fumando otra persona. Pero este era un humo buscado. Inhaló hasta la última brizna que fue capaz de capturar.

Un descanso. Él lo tomó. Un descanso revitalizador. Por eso nosotros también lo hemos tomado. Simbiosis con el amigo del viento. Simbiosis con las personas que se dejan llevar. Por las personas valientes. Por las que se dejan llevar por el viento. No pensó; estuvo. No miró; estuvo. No... Sí sintió. Se dejó llevar... otra vez.

El café había sido delicioso, y cumplió de forma minuciosa su prometido. Pero el burbon tiene sus propiedades, que pueden ser las mismas o bien muy distintas, así que, aunque no estaba muy acostumbrado a disfrutarlas, pidió una copa del mágico líquido, sin hielo.

Bebió despacio, a sorbos muy pequeños y espaciados, estirando el tiempo que permanecería en el bar para impregnarse de todo, porque todo allí vibraba en la misma frecuencia que la suya.

Con la copa vacía frente a él, todavía estuvo un buen rato más en el local, simplemente dejándose empapar de la buena esencia de ese miniuniverso. Había perdido la noción del tiempo. No se sentía culpable por ello; de hecho lo agradecía, hacía mucho que no le pasaba el tiempo… mientras estaba a gusto. Pero las costumbres son las rutinas, así que pagó y, con una sonrisa que nadie salvo él podía ver, salió del bar.

Cerró la puerta tras de sí y se quedó unos instantes quieto. Respirando. Inspirando. El ambiente de allí no era como el ambiente de otras zonas de la ciudad. De ninguna. Allí se respiraba armonía, se respiraba respeto, se respiraba un «vive y deja vivir», se respiraba una pizca de libertad, se respiraban sueños, cumplidos y sin cumplir, pero sueños al fin y al cabo, algo que no se respiraba en otros lugares. Un joven pasó por su lado; también él desprendía fragancia a sueños.

—Buenas noches, caballero —saludó cortésmente el amigo del viento.

—Buenas noches, amigo —respondió el chico de los sueños.

Ya no hacía viento, por lo que, en lugar de dejarse llevar, tomó dirección hacia su casa.

Sueños. El joven tenía muchos. Dinero. Fama. Ganar campeonatos, con lo que conseguiría dinero y fama. Una novia espectacular. Envidia de otros chicos. Reconocimiento. Escribir, y publicar, una autobiografía.

Pero todos sus sueños en realidad se desramificaban de uno: respeto.

El chico de los sueños era boxeador. Peso pluma en concreto. Odiaba… No, en realidad no odiaba nada ni a nadie, pero no le gustaba que la gente criticara el boxeo por ser un deporte violento. Él nunca, pero nunca, había pegado un solo puñetazo fuera del rin y sin guantes. Y pese a que todas las personas que lo conocían lo sabían bien, no todas ellas veían con buenos ojos que se dedicara a eso. En realidad, a que lo intentara, pues lo que le daba para pagar el alquiler cada mes no eran los combates en el rin sino otros combates más duros, los que tenía que aguantar y ganar ocho horas cada día detrás de un mostrador. Los clientes, o posibles clientes, le pegaban puñetazos más duros que sus oponentes en los combates, aunque no fueran puñetazos físicos.

—¡Caballero!…

El chico de los sueños tenía la costumbre de hablar consigo mismo. No es lo mismo que hablar solo.

Extrañado, continuó la autoconversación.

—Si supiera que me dedico a pegar hostias en un cuadrilátero no me hubiera llamado «caballero».

Mientras decía esto le asaltó una duda; casi una confirmación. Por alguna razón estaba convencido de que, aunque lo hubiera sabido, le habría llamado igualmente «caballero».

Tal vez había tenido una pequeña iluminación; incluso aunque la certeza no fuera correcta, la pequeña iluminación era lo que importaba.

Pero él no se dio cuenta de ese pequeño cambio, ese «clic» que tuvo lugar en lo más profundo de sí mismo. Y con esa ignorancia se fue a su apartamento.

Nada más cruzar la puerta, la atmósfera cambió por completo. No era ninguna novedad, siempre era así. Rutinariamente así. No es que no le gustara su apartamento, de hecho le encantaba, aunque no era consciente de ello. No, no era eso.

El sol ya había terminado su jornada. Le gustaba tomarse algunas cervezas con los amigos después de trabajar cada día. Rutinariamente cada día.

Una vez en su guarida, se dispuso a prepararse la cena. Como vivía solo, podía hacerse lo que más le apetecía en cada momento. Rutinariamente lo que más le apetecía.

Como vivía solo, no tenía que dar explicaciones de lo que hacía en casa a nadie. Rutinariamente a nadie.

Era eso.

Rutina.

—Caballero...

No estaba seguro de si le había gustado que un desconocido le hubiera llamado así. Pero, desde luego, era la primera vez que alguien lo hacía.

Abrió la nevera. Cerró la nevera. Abrió un armario y sacó un bote de judías blancas. No le gustaban; de hecho, siempre que su madre le compraba («como te gustan y son sanas»), las tiraba a la basura. Abrió el bote, calentó las legumbres y cenó.

Ya era tarde. Pero no suficiente. De modo que encendió el equipo de música e hizo sonar uno de los CD de los que no conocía ni el nombre. Le dio una oportunidad. No le gustó, así que puso otro que escuchaba habitualmente y se concentró en la música.

Las notas llegaban a su cerebro como ondas de bienestar. Los graves daban chutes de revitalización a sus neuronas; los agudos colmaban sus neurotransmisores de paz y satisfacción a partes iguales. Cada solo de guitarra le daba inspiración; no sabía a qué, pero le inspiraba. El constante sonido del bajo le recordaba la importancia de las cosas en las que se piensa poco. Los puntuales sonidos del teclado le revelaban la importancia de las cosas en su justa medida, de los detalles. La batería le decía a su cerebro de manera constante que no todo es lo que parece ni cómo parece. Y la letra… Bueno, él no se fijaba en las letras. No sabía qué decían las canciones, pero el modo de cantarlas le llegaba a sus adentros tanto o más que si supiera su significado.

Cuarenta y cinco minutos de regalo a sus oídos y a todo su ser. Tras cuarenta y cinco minutos ya casi era suficientemente tarde como para echarse a la cama. No era lo mismo, al menos no lo era para él, que echarse a dormir. Casi todas las noches, entre semana, su compañero en los momentos previos al sueño era un libro. En ocasiones se abrazaba a Morfeo con el libro mismo, mientras se perdía entre sus líneas, dejándole una sensación agradable que no podría describir ni leer en ningún libro del mundo.

Se metió en la cama. Abrió su libro. Leyó.

A veces, mientras leía, una frase le recordaba alguna cosa o le hacía pensar en algo. Le ocurría a menudo, de manera que un libro le duraba mucho tiempo. En ello estaba.

—A ver si algún rato llamo a mi madre, porque…

Y sonó el teléfono.

—¡Joder, tío!

Quien llamaba era un amigo suyo.

—Ya, y como soy el que más tarde se echa…

Pero no le supo mal; había buena amistad.

—No te preocupes, aún no dormía. Dime: ¿cómo estás?

El colega del chico de los sueños había roto con su novia. Más bien ella había cortado con él. No se dormía, lo estaba pasando mal y necesitaba a alguien de confianza con quien hablar a altas horas de la noche. No lo pensó y le había llamado.

Estuvieron un buen rato hablando; hablando los dos, no como suele suceder en este tipo de circunstancias, donde uno se desahoga hablando y el otro cumple la misión de escuchar.

No hablaron solo de relaciones, claro, eso solo fue al principio. Dialogaron de diversos temas, y pasados unos minutos la conversación era como cualquier otra conversación telefónica de las que mantenían habitualmente cuando estaban unos días sin verse.

—¿Empate? Vaya, se me ha pasado…

Cuando colgaron era ya tarde; suficientemente tarde para dormir. Cogió el libro, lo abrió por la página por la que iba, leyó de nuevo el último párrafo que había leído y lo volvió a cerrar.

Dejó el libro en la mesilla, apagó la luz y durmió.

¿Qué era lo que en realidad quería Isabel?
¿Cuál era su sueño? No lo sabía,
tal vez porque un sueño no es un objetivo
sino el camino para alcanzarlo.

Como cada día, el chico de los sueños se levantó cuando lo hizo de manera perenne el sol. Hacía tiempo que no escuchaba el sonido del despertador. Y, como cada mañana, el primer combate que tenía que disputar era con su dolor de cuello. Es lo que tenía dormir sin almohada. «De hoy no pasa, tengo que comprarme una».

Cerca, casi al lado de la tienda en la que trabajaba, había un establecimiento de ropa de cama, colchones y almohadas. Siempre que pasaba veía la publicidad que rezaba que eran especialistas en almohadas de pluma. Y hoy gastaría su primer dinero ganado en un combate en una de ellas.

Minutos antes de que abrieran la tienda y tuviera que entrar a trabajar, la de ropa de cama, colchones y almohadas ya tenía la persiana levantada. Una pluma en el suelo, frente al escaparate, parecía observar entre incrédula y estupefacta las almohadas llenas de muchas de su especie.

Entró.

—¡Buenos días! —saludó el chico de los sueños.

Viento. No lo soportaba lo más mínimo. Por eso siempre llevaba un sombrero. Así nunca se le movía el pelo. Hacerse una cola no era una opción. Casi le gustaba menos que el viento. También lo llevaba en el trabajo, así que a primera hora, antes de lo habitual, cuando entró un potencial cliente a la tienda y le saludó, ya portaba la cabeza bajo su tejado.

—¡Buenos, buenos! —respondió el señor del sombrero.

El chico de los sueños pensó, seguramente con acierto, que se trataba del dueño de la tienda, pues se trataba de un establecimiento muy pequeño.

—Quiero una almohada.

—Pero además de querer una almohada quieres dormir bien y levantarte sin que tengas el aspecto que tienes ahora, ¿verdad?

—Ehhhhhh… sí —dijo tímida y cortadamente.

—Cuando digo «dormir bien» me refiero no solo a que el cuerpo descanse correctamente, sino a dormir con la conciencia tranquila, sin remordimientos ni nada que pueda perturbarte el sueño.

—Sí, claro…

El chico de los sueños no podía entretenerse mucho, y tampoco estaba seguro de querer hacerlo, así que se dejó aconsejar, hizo caso a la primera opción que le propuso, pagó y salió de la tienda con su almohada de pluma debajo del brazo.

«Qué raro este joven», pensó el señor del sombrero.

Esperó unos segundos hasta que el cliente se alejara unos metros de la puerta, se acercó a la misma y le dio la vuelta al letrero de modo que «cerrado» quedara mirando al interior de la tienda.

«Pero parece buen chico».

Se dirigió al fondo del local, donde tenía su pequeña oficina, revolvió en un armario y en una nevera y se preparó el segundo desayuno. Siempre desayunaba dos veces; una en casa, y otra nada más llegar a la tienda.

Solo tres personas más entraron durante la mañana.

En realidad esa era más o menos la media de clientela, por lo que el señor del sombrero disponía de bastante tiempo ocioso durante la jornada. Lo aprovechaba, en su mayor parte, para leer. Libros, revistas, folletos de publicidad, y en general cualquier cosa que cayera en sus manos y que fuera susceptible de ser leída.

Durante esa mañana leyó cuatro manuales de instrucciones de diversos aparatos electrónicos. «Siempre es bueno saber de cosas».

A la hora habitual llegó el cartero con la correspondencia del día. Ningún certificado. Todo facturas.

Leyó los sobres y los dejó sin abrir en el lugar que tenía habilitado para las facturas.

Mediodía.

El día iba pasando, se le iba pasando, con satisfecha rutina. Después de comer durmió su media hora reglamentaria y regresó a la tienda.

—¡Hola! —saludó una mujer de cierta edad, aunque incierta, al entrar en la tienda.

—¿Le puedo ayudar?

—Quería mirar un colchón…

—Pues ha venido al lugar indicado.

Llevaba treinta y cinco años vendiendo colchones y almohadas, tratando a la gente de la misma manera, llevando su pequeño negocio día a día adelante. No le importaba. Lo había pensado mucho, lo había meditado, lo había reflexionado desde diversos puntos de vista y en base a distintas corrientes filosóficas de las que había leído entre esas cuatro paredes abiertas al público, y no se arrepentía. Le gustaba. Quizá, eso sí, ahora no tanto. Podía comenzar a pensar realmente en la jubilación.

Sí, algún rato lo pensaría.

Su vida era tranquila, relajada. Lejos de ser como una montaña rusa, se asemejaba mucho más al trenecito cucú. Sin embargo sabía que, cuando fuera que lo pensara, decidiría dejarlo.

¿Se le escapaba la vida entre colchones y almohadas de pluma? ¿Terminaría sus días de lucidez en su pequeño negocio de toda la vida? ¿Qué había sido de sus retos? Pero ¿los había tenido?

—¡Gracias! Vuelva si se decide por una buena almohada a conjunto con el colchón.

—Lo terminaré de pensar.

«Como te lo pienses mucho, no llegarás a disfrutarla nunca», quiso decir, aunque solamente lo pensó.

Al volver hacia su oficina, el señor del sombrero se miró en el espejo. Se quitó el sombrero y se miró mejor. El espejo le devolvía la imagen de una persona mayor, no demasiado pero sí más de lo que creía.

Como un reflejo de lo que sintió, miró alrededor y notó que la tienda estaba ya un poco anticuada. Todos los días allí dentro y no se había dado cuenta realmente hasta ese momento. O precisamente por estar todos los días allí dentro era por lo que no se había percatado aún.

Cinco minutos antes del horario que nunca había quebrantado, cerró, bajó la persiana y se fue caminando, despacio, hacia su casa, procurando en su caminar no pisar ninguna de las rayas perpendiculares a él producidas por los espacios de las baldosas de las aceras.

Pensaba que esa noche tardaría en dormirse. No fue así.

De cualquier manera, tenía que tomar una decisión. ¿Tenía? Pensó, supo, que el hecho de que otros esperen algo de ella no justifica que ahora tenga obligaciones de las que antes carecía.

Muy pronto, aunque no demasiado según él, se levantó, como cada mañana (aunque el sol todavía dormía), bien descansado y pletórico. Antes de salir del dormitorio volvió la vista atrás, miró la cama y fabricó inconscientemente una leve sonrisa de satisfacción. El colchón y la almohada de plumas de primera calidad eran lujos que sabía reconocer.

Se tomó el primer desayuno y salió igual que si llegara tarde a una cita importante.

Llegaba con tiempo de sobra para abrir la tienda, pero como siempre (a excepción del día anterior), tuviera prisa o no, andaba por la calle como alma que lleva el diablo.

«Cada día hay más obras. No terminarán nunca».

Siempre se quejaba de las mismas cosas, y esta era una de ellas. Sin embargo, de vez en cuando hacía compañía a otros hombres de algunos años más que él que, apoyados en una valla o en algo que sirviera como tal, se convertían en espectadores (y a veces en frustrados directores) del trabajo de los obreros. Aunque este no era el caso. Solo desvió la mirada un instante hacia la obra.

«¡Hombre, pero si es…».

—¡Ey!

—¡Hombre! ¿Ya vas a la tienda?

—Sí, si no la abro yo, no la abre nadie. —Hizo una pausa, y añadió—: Pero tú empiezas más temprano que yo.

—¡Pero acabo antes!

El operario de la grúa pluma tenía razón. A media tarde ya podía disfrutar de estar en casa con su mujer. Podía, aunque no solía. Primero acostumbraba a tomarse algo para tratar de olvidarse un poco de la dura jornada.

—¡Vaya viento!

—Sí. ¡Bueno, que sea leve! —repuso el señor del sombrero.

—¡Eh! ¡Mira a tus pies! —dijo el operario alzando la voz mientras miraba al suelo, junto a su amigo.

El señor del sombrero le hizo caso. Bajó la cabeza y con ella la vista, y observó al lado de sus brillantes zapatos negros una pluma de paloma.

—¡Cógela para rellenar tus almohadas! —bromeó el operario.

El señor del sombreo rio y, sin responder, se marchó, contento de ver a su amigo.

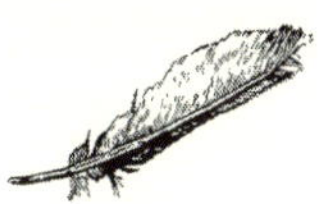

Pensar. En cosas. En lo que sea. Siempre que se pueda. Menos cuando gobernaba la máquina.

El operario trabajaba en obras, de una a otra, manejando los mandos de «su» grúa pluma para colocar con rapidez y precisión todo lo que hiciera falta. Todo lo que le indicaran.

—¡Joder!

Un remolino de viento se produjo delante de él, levantando del suelo una nube de tierra que lo envolvió. Tal era el motivo de su queja.

Una vez que pudo volver a ver con claridad, tomó de nuevo los mandos de la grúa y se dispuso a coger la siguiente pieza que tenía que subir al séptimo piso del bloque de oficinas que estaban construyendo.

En su trabajo tenía que estar concentrado, pues un despiste podría devenir en un accidente. Nunca había tenido más que un par de sustos que no desembocaron en nada importante, pero conocía a un compañero que debido a un descuido provocó un percance que le costó la vida a una persona. Hacía ya unos años de eso, pero a él le contaba que no pasaba una sola jornada sin que le atormentara lo sucedido.

Por ello, trataba de no pensar en demasiadas cosas mientras manejaba la grúa. Eso no significaba no pensar en nada. Ahora estaba pensando en su mujer. Dentro de dos días cumplirán quince años de matrimonio.

«¿Eso se celebra?».

El operario no era un hombre muy detallista. En realidad veía todo eso de los regalos entre la pareja un poco raro. Quería mucho a su mujer. Muchísimo. Y la respetaba. Nunca le había sido infiel, ni siquiera un poco. Y tenía complicidad con ella. Ambos tenían complicidad. Por todo ello, y por muchas cosas más, pero por todo ello principalmente, le parecería extraño actuar como lo hacían algunos de sus amigos: para comprarle un regalo a su mujer se inventaban alguna excusa que les permitiera ir a comprarlo y lo mantenían escondido unos días para dárselo el día en que ella esperaba que él le regalase algo. No. Él no haría eso. Nunca, bueno, casi nunca lo había hecho. Su mujer tampoco. Ellos se comprendían. Se amaban.

Sin pensar en otra cosa que no fuera la carga que estaba manipulando, realizó la operación como solía hacer: con seguridad, con precisión y casi se podría decir, e incluso lo decían los que entendían, con maestría.

Le informaron que la próxima carga sería en cinco minutos. Así que pensó cinco minutos.

De esta manera, entre carga y carga, el operario pensaba en cosas.

—Oye, ¿sabes lo que le ha pasado antes al *Llanas*?

Claro, siempre que alguien no le diera conversación.

No era nada trascendente, solo se trataba de una pequeña excusa para charlar un rato, algo muy habitual entre sus compañeros. Al poco vio al *Llanas* y ni siquiera cojeaba un poco. Pero en la hora de la comida, tanto en la obra como cuando iban a algún bar-restaurante cercano, era inevitable hablar; esto es, escuchar lo que te dicen, aunque no te interese, y contestar algo que tenga que ver con el tema. Todo ello a medias, porque se presupone, aunque él no terminaba de entenderlo, que, si mientras hablas alguien te corta hablando más alto, es normal y forma parte del proceso de lo que se llama «conversación».

—Pues yo creo que cuando a uno le… —estaba diciendo el operario.

—Bueno, bueno, ¿visteis ayer el partido? —le cortó de la manera más natural un compañero.

Y la conversación continuó los derroteros que había marcado dicho compañero… solo hasta que poco después otro hizo lo propio. De ese modo, cada tema de conversación duraba muy poco y esa brevedad hacía imposible profundizar en nada.

En eso mismo estaba pensando el operario. En pensar no le cortaban, porque nadie preguntaba nunca nada a nadie en concreto, sino que era cada uno, por voluntad propia, quien decía lo que quería decir en cada momento. Así que se imbuyó en sí mismo prácticamente durante toda la comida, incluso durante casi todo el carajillo.

Por la tarde siempre se hacía un poco duro volver a trabajar, con el estómago y la cabeza llenos de comida y pensamientos respectivamente.

Pero era lo que había.

—¡A la derecha, un poco más!… ¡Un poco más!

Odiaba que le dieran indicaciones cuando manejaba una carga con grúa. Y menos que lo hiciera cualquiera que pasaba por ahí, sin más. Era como con el coche; si cuando estaba maniobrando alguien le indicaba, él automáticamente se paraba hasta que la persona dejaba de meterse en los asuntos de los demás. Solo entonces continuaba con la maniobra. Esta vez no fue, por supuesto, una excepción, así que mientras el compañero agitaba las manos indicándole el recorrido de la carga, él aprovechó para encenderse un cigarrillo. Y para pensar un poco.

Solo un poco, porque nada más ponerse a ello sonó su móvil.

—Hola, cariño —le dijo a la mujer con la que compartía piso, matrimonio y declaración de la renta.

Al ver que el operario no le hacía ni un ápice de caso, el compañero entrometido se fue medio ofendido, medio cabreado, agitando los brazos en consonancia.

—Por mí, sí. Si a ti te apetece, dile que nos apuntamos.

Pensar no era lo mismo que hablar, así que mientras conversaba por teléfono siguió manejando los mandos de la grúa.

—Vale. Nos vemos luego.

Su tono de voz era bien diferente del que mantenía cuando hablaba con cualquier otra persona. Parecía otra persona. Tal vez lo era.

—Te quiero —dijo sin pensar, solo sintiéndolo.

—Yo más.

Y sintió bienestar. Satisfacción. Y convicción.

—Yo más.

Orgullo. Sinceridad.

Creer sin pensar. Saber sin pensar.

Fe.

El sol se había escondido tras las casas y había permitido que la oscuridad se fuera adueñando de la ciudad.

La sirena de la obra sonó, indicando que finalizaba la jornada para los trabajadores. El operario se dirigió a los vestuarios para lavarse y cambiarse de ropa. Cuando se quitó el chaleco, una pluma que se había colado en su interior, como si quisiera resguardarse de las temperaturas ligeramente bajas que ofrecía el día, salió al exterior.

Un nuevo remolino de viento nació frente a él.

—¡Tiene pinta de llover! —se escuchó que alguien decía a lo lejos.

Antes de regresar a casa con su mujer, el operario fue a tomarse una caña de cerveza a un bar a medio camino entre la obra en la que trabajaba y su casa. Cuando estuvo frente a la puerta, se levantó de repente un nuevo viento ligeramente fuerte. Y, tan rápido como vino, se fue. Y él entró.

Esperanza. El operario vio sobre la mesa vacía de al lado una pluma, y junto a ella un cuaderno cerrado. No pudo contener la curiosidad y, sin ni siquiera comprobar si alguien lo observaba, lo abrió e instintivamente buscó la última página escrita. En realidad media página escrita.

Isabel no se fió de su mente,
tampoco de su corazón. Ambas cosas
eran muy humanas, y ella quería volar.
Y los humanos no vuelan. Trató de tener
una perspectiva desde el cielo,
o lo más cerca posible del mismo.

—Hola.

El operario ahora sí mostró cierta sorpresa, mezclada con algo de vergüenza (muy poco), al ver que arribaba el dueño del cuaderno, que cerró de golpe.

—¿Es tuyo el cuaderno?

Los rasgos de su cara cambiaron de inmediato al reconocer al dueño del cuaderno. Lo conocía de toda la vida. Es lo que tiene ser pariente cercano, tío de alguien.

—Sí.

—¿No sabes que existen los portátiles? Y esos otros más pequeños, que se llaman… de otra manera. —Hizo una breve pausa mientras elaboraba una especie de mueca con el rostro y continuó—: Ya, ya… No te gustan para escribir; los consideras fríos. Pero irías más rápido.

—Lo que más cuesta es escribir con la mente. La diferencia de tiempo entre pasarlo a papel o a un ordenador es muy pequeña en comparación.

—Ya. Una cosa: ayer hablé con tu madre.

—No lo sabía; hace dos días que no la llamo. Tengo intención de hacerlo mañana. Él hubiera hecho… Bueno, sería su cumpleaños si…

—Es duro, quince años no quitan el dolor cuando pierdes a alguien.

—No, la verdad es que no.

—Ay, Isabel… Menos mal que te tiene a ti.

En ese preciso momento un cliente abrió la puerta para salir del local, y una ligera, casi imperceptible brisa, hizo entrar una pluma de paloma. Una camarera que no era Lucía, con una escoba en la mano, se dirigió a ella de inmediato. El joven escritor había visto la escena y le pidió a la camarera que no era Lucía que se detuviera. Se levantó y se acercó hasta la pluma, que ya sin brisa había quedado descansando en un punto indeterminado del suelo. Se agachó con dulzura y la rescató con delicadeza. Una vez en sus manos, la llevó, como si fuera un objeto preciado y delicado (para él lo era) hasta la mesa. Se sentó de nuevo frente a su tío, abrió el cuaderno, fue pasando páginas, y cuando encontró el lugar adecuado, colocó la pluma entre ellas.

—¿Has encontrado interesante lo que has leído? —inquirió.

—La verdad es que solo me ha dado tiempo de ojear unas líneas. ¿Qué es?

—Es una decisión. Aunque no mía.

Lo abrió por donde intuía que había leído
su tío, donde había colocado la pluma, y los dos
leyeron para sí mismos:

Solo entonces se dio cuenta
de que se hubiera equivocado
si hubiera decidido cualquiera
de las dos opciones.
Entonces abrió sus alas
y dejó que el viento guiara su libertad.

Gracias a todo lo que vuela,
dirija o no su rumbo.
Porque volar es como soñar,
pero más alto y más real.

El autor. De mente inquieta e inconformista, a Carlos G. Tutor no le gusta que lo encasillen. En realidad le da igual. Ha publicado diversos ensayos, pero *Pluma* es su primera obra publicada de ficción, un concepto entre los relatos y la novela corta. En la actualidad está trabajando en otros proyectos literarios.

@carlosgtutor

Del mismo autor

Tal vez te interesen...